ALFAGUARA
INFANTIL Y JUVENIL

ALFAGUARA
INFANTIL Y JUVENIL

© 2004, Isabel Freire de Matos

Ilustraciones de Sofía Sáez Matos

© De esta edición:
2004 – Ediciones Santillana, Inc.
avda. Roosevelt 1506
Guaynabo, Puerto Rico 00968

Impreso en los Estados Unidos de América
Impreso por NuPress
① ISBN: 1-57581-573-7

Editora: Neeltje van Marissing Méndez

Una editorial del grupo Santillana que edita en:
España • Argentina • Bolivia • Brasil • Colombia
Costa Rica • Chile • Ecuador • El Salvador • EE. UU.
Guatemala • Honduras • México • Panamá • Paraguay
Perú • Portugal • Puerto Rico • República Dominicana
Uruguay • Venezuela

15 14 13   1 2 3 4 5 6 7 8 9

Una carta de Delke

Isabel Freire de Matos

Ilustraciones de

Sofía Sáez Matos

ALFAGUARA

INFANTIL Y JUVENIL

Hoy el cartero viene alegre.

Nos trae una carta de Delke,

nuestro amigo africano.

Delke vive muy lejos de nuestra isla.

¿Qué nos dirá en su carta?

Queridos amigos:

Saludos a todos desde mi tierra, Etiopía.
Etiopía es un país de altiplanos y mesetas.
Tiene muchos ríos, como el Nilo azul.

Mi papá es agricultor.
Cultiva el maíz y el café.
Mi mamá trabaja en la casa.
Y yo, por la mañana, voy a
la escuela con mi hermana,
Zeberech.

Por la tarde ayudo a Papá.

Me gusta trabajar la tierra.

Es como hacer el bien a toda la gente.

¡La tierra nos da tanto!

También cuido los animales de la finca.

Aquí, en Etiopía, hay hermosos animales.

Algunos son mansos. Otros viven en la selva.

viven

Les envío algu...
fauna africana.
¿Qué les parecen?
Espero que me escriban pronto.
¡Adiós, amigos!

Delke

Les envío algunas fotos de la fauna africana.
¿Qué les parecen?

Espero que me escriban pronto.
¡Adiós, amigos!

Delke

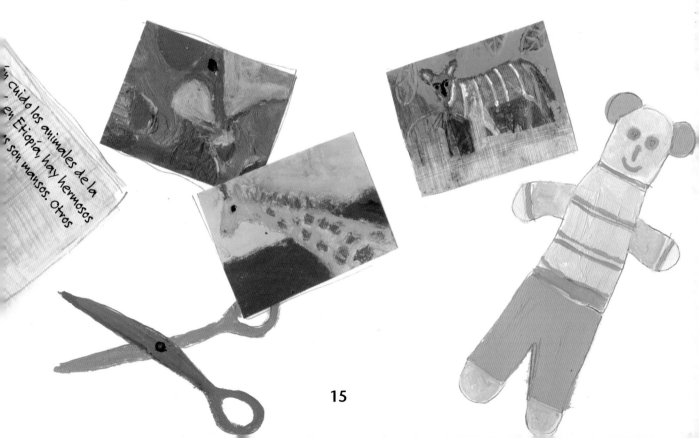

Antílope

Este animalito listado
es tan ágil y gracioso
que a los niños ha encantado.

Camello

Caminando en caravana
cruza el árido desierto
con su reserva de agua.

Chimpancé

Es sociable, inteligente,
aprende bien su rutina,
y saluda amablemente.

Avestruz

Es un pájaro curioso
este bípedo veloz,
y por sus plumas, famoso.

Jirafa

Con bella piel estampada
y cuerpo de torre viva,
va gentil por la sabana.

Leopardo

Tendido sobre el ramaje
duerme este bello felino
de excelente camuflaje.

Elefante

A un mamífero tan fuerte
lo abanican sus orejas,
lo baña su propia fuente.

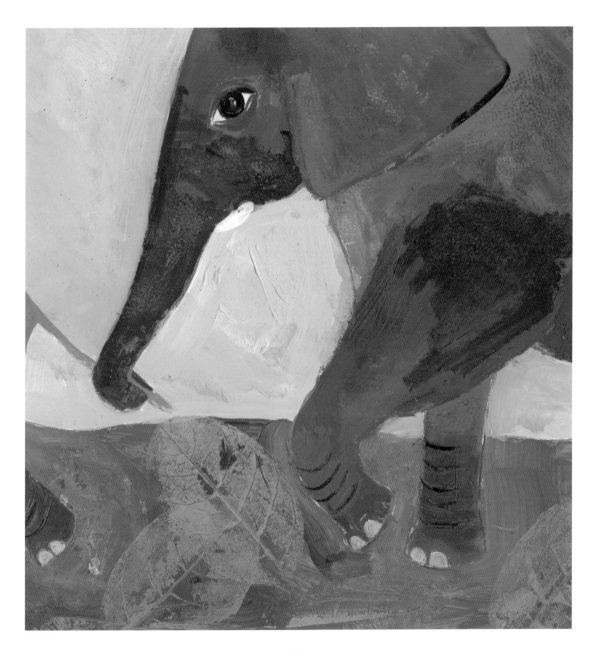